KB158605

고양이의 매력으로

말할 것 같으면

내향형 집사와 독립적인 고양이의 날마다 새로운 날

고양이의 매력으로
말할 것 같으면

글 · 그림 강은영

저는 꽤 늦은 나이에
인생의 방향이 바뀌는 경험을 했습니다.

10여 년간 같은 일을 하다가
전혀 다른 일에 뛰어들었고,

사랑스럽지만 말썽꾸러기인 고양이 모리를 입양했고,

코로나 팬데믹으로 근무 시간과 수입이 줄어
뭘 해야 하나 고민하다 시작한 고양이 그림 그리기가
또 한 번 제 인생을 바꾸었어요.
용기 내서 한 크고 작은 선택이 날마다
새로운 날을 만들어 주고 있어요.

이 책에는 고양이 모리에 대한 애정과
내향형에 유리 멘털인
내면을 가다듬어 튼튼하게 만든 경험담,
주변에서 찾은 작은 행복을 담았어요.

소소한 웃음과 마음이 따뜻해지는 경험을
드릴 수 있다면 좋겠습니다.

고양이는 귀엽고 우리도 귀여워

아보카도믈리에 | 가족사진 | 여행지의 BGM | 가끔 먹는 달콤한 맛

거대해진 고양이를 상상해 봐요 | 랜선 여행 | 요리 좋아하세요?

한식 vs 현지 음식 | 도라에몽 주머니 | 아무것도 하기 싫은 날 1

아무것도 하기 싫은 날 2 | 노래의 기억 | 유령도 유령 나름

천천히 가까워져요! | 고무줄놀이 | 간절히 바라는 일

롱 패딩은 멋으로 입는 게 아니거든요 | 그런 나이 1 | 고양이와 독서

그런 나이 2 | 길에서 누군가 아는 척한다면 | 주인 의식

찌뿌둥한 날에는 크게 기지개~ | 건강 염려증 | 아이스크림 먹을까?

본능 | 마스크 한증막 | 옷을 맞춰 입고 만나면 어떨까?

내향형 댄서의 무대 | 스치듯 가을 | 수영 잘하세요?

준비 운동은 충분히 | No Way! | 길고도 짧은 3분 | 동생은 다 그래

가을이 오는 신호 | 풍선을 타고 하늘로 둥둥 | 솜사탕

마법의 발명품, 초코칩쿠키 | 소울 푸드 | 고양이와 식물

고양이가 부러워! | 크리스마스의 추억 | 야식의 시 | 이불 밖은 위험해

Cheers! | 생사 확인 메이트 | 정신 건강에 좋은 스트레스

여행을 떠나기 전 | 엄마 몰래 라디오 | 별것 아닌 생활 꿀팁 1

겨울의 맛, 고구마 | 아이들은 엉뚱해 | 털이 많아도 귀여워서 좋겠다

가장 정확한 날씨 예보 | 매일 딱 10분씩 | 봄에 반소매를 입는 이유

집순이에게도 휴식이 필요해 | 원인은 바로! | 반려 로봇 청소기

내향형 집사와

독립적인 고양이

나는 고양이 모리와 눌이 살아요.
벌써 몇 년째 함께하는 데도
매일 새롭고 엉뚱한 면을 발견한답니다.
고양이는 정말이지 귀엽고 대단해요!
모리와 함께하는 일상, 구경할래요?

나는 퇴근 후 웬만하면 바로 집으로 갑니다.
커피 한잔 마시며 느긋한 시간을 보낼까 하다가도
집에서 기다리는 모리가 생각나 발걸음을 재촉해요.

어린 모리를 집에 혼자 두는 게 불안해서 집에
펫 캠을 단 적이 있어요.
그런데 내가 퇴근하기 한 시간 전부터 모리가 현관 앞에 앉아서
현관문만 뚫어져라 보고 있는 거예요!

그러니 내가 어떻게 밖에 오래 있겠어요?
(모리는 내가 아니라 간식을 애타게 기다린 건지도 모르지만요.)

우리 집 고양이 모리는 굉장히 독립적인 성격이에요.
내 옆에 붙어 쉬다가도 잘 때가 되면
'나 간다, 쉬어라~' 하는 느낌으로 나를 쓱 쳐다보고는
자기 잠자리로 가요.
섭섭하기도 하지만, 고양이랑 같이 자는 집사들은
고양이가 깰까 봐 밤새 움직이지도 못한대요.

모리가 내 침대에서 같이 잔 적은 딱 한 번이에요.
한겨울에 보일러가 고장 난 날이죠.
침대에 전기장판을 켜 놓았더니 떠나질 않더라고요.
전기장판 만세!

모리는 내가 집에 돌아오면 왜 이제 왔냐는 듯 냥냥 울어요.
나갔다 돌아온 직후의 나에게는 조금 관대합니다.
평소에는 잘 울지 않는데 이때는 이름을 부르면
"냐?!" 하고 대답해 주거든요.
귀여워서 자꾸 불러도, 딱 세 번이지만요.

그리고 기다렸다는 듯 엎드려서 '궁디 팡팡' 자세를 취한답니다.
엉덩이를 두드려 주면 내 팔목에 꼬리를 착 감는데,
얼마나 사랑스러운지!
집에 모리가 기다리고 있어서 행복해요.

○ 혼자 있는 시간에도 외롭지 않았으면

발랄하던 캣초딩 시절을 지나 성묘가 된 고양이는
장난감을 봐도 시큰둥해합니다.
새 장난감을 사 줘도 하루 이틀 좋아할 뿐이고요.

고양이가 나이를 먹을수록 집사의 연기력도 늘어야 해요.
혼신의 힘을 다해 진짜 사냥감인 척 장난감을 흔들어야
그나마 관심을 두거든요.

대체 누가 누구랑 놀아 주는 걸까요?

○ 누가 누구랑 놀아 준대?

초보 집사 시절, 수의사 선생님이 당부했는데요.

고양이는 물을 충분히 먹어야 건강에 좋대요.

그런데 고양이는 생각보다 게으른가 봐요.

물그릇이 멀리 있으면 귀찮아서 가지 않는단 거예요.

장난감이나 다른 장애물에 시선을 뺏겨서

물 마시러 가던 걸 잊기도 하니까

물그릇을 여기저기 놓아두라고 했어요.

모리가 물을 더 자주 마실 수 있게요!

고양이도 귀찮아하는 일이 있고, 뭔가를 깜빡 잊기도 한다니

너무 귀여워서 웃음이 났지 뭐예요.

사룟값 벌어 올게!

물을 마시거나 밥을 먹으면 잘했다고 칭찬받고
누워 있어도, 돌아다녀도, 빤히 쳐다보기만 해도
귀엽다고 예뻐해 주고
사고를 쳐도
"그래, 인간이 거기다 뭘 둔 게 잘못이지!" 소리를 듣는 모리.

출근할 때 배웅은커녕 대자로 누워 뒹구는 걸 보면
나도 한 번쯤은 집고양이로 살아 보고 싶어져요.

○ 집고양이의 삶

고양이는 참 신기해요.
자연에서 태어난 게 아닌데도 본능적으로
맛있는 걸 아껴 놨다 나중에 먹으려고 방바닥에 파묻기도 하고
볼일 본 다음엔 모래로 덮어서 깨끗하게 치우잖아요.

누가 가르쳐 준 것도 아닌데,
정말 똑똑하고 대단해요!

모리는 캔에 든 습식 사료를 좋아하는데
건강 관리차 아침에만 준답니다.
그렇다 보니 저녁에는 밥을 먹으려다가 나를 빤히 봐요.
일반 사료가 똑 떨어져서 저녁에도 몇 번
캔 사료를 준 적이 있거든요.

이럴 땐 필사적으로 눈을 피하고, 사료를 다 먹을 때까지
딴 곳을 봐야 하는데
그 귀여운 눈빛을 피하기가 쉽지 않아요.

모리 때문에 집에서 향이 나는 물건은 거의 쓰지 않지만
욕실만큼은 좋아하는 향으로 가득 채워요.
보디 워시, 치약, 샴푸 모두 상큼한 시트러스 향이에요.

'고양이는 욕실 출입 금지!'니까
여기서만은 내가 좋아하는 향을 즐겨도 되겠죠?

모리의 정수리에선 햇볕에 바짝 마른 수건 냄새가 나요.
퇴근 후 집에 돌아오면 냥냥대는 모리를
앞발이 가슴팍에 닿게 꼭 안은 뒤
정수리에 뽀뽀를 마구 해 줍니다.

10분 뒤에 입술이 알레르기로 부어오를 걸 알면서도
모리의 동그랗고 귀여운 정수리가 눈앞에 있으면
참을 수 없어요.

○ 고양이와 화분

고양이를 키우는 집에서는 식물 하나 들이기도 쉽지 않아요.

고양이가 뛰어놀다가 화분을 뒤엎거나
흙을 파헤치기도 하거든요.
이제는 모리도 꽤 의젓해져서
집에 작은 화분을 들였어요.

푸릇푸릇한 이파리를 보고 있자니
식물이 주는 안정감이 이렇게 컸나 싶더라고요.
작고 귀여운 새잎이 나올 땐 감동적이기까지 하다니까요!
모리와 풀이 가득한 집에 사는 게 로망이랍니다.

고양이를 키운 후 가장 큰 변화는
웃는 횟수가 엄청나게 늘어난 거예요.
모리가 뒹굴거릴 때, 야옹거릴 때, 그냥 누워 잘 때······.
뭘 하든 보고 있으면 귀여워서 웃음이 난답니다.

'동물자유연대' 자료 통계에 의하면
반려동물을 키우는 사람 중
겨우 12퍼센트만이 끝까지 책임을 진대요.
이렇게 적은 수인 줄 몰랐어요.
그 사람들에게 "입양했다면 끝까지 책임지세요!"라고
외치고 싶어요.

모리는 똥을 싸고 나서 꼭 집 안을 우다다 뛰어다녀요.
왜 이러는 걸까 궁금해 찾아보니, 배변 냄새 때문에 천적에게
발각될까 봐 경계하는 행동이라고 하더라고요.

너무 귀엽고 신기해서, 우다다 후엔
늘 엉덩이를 두들겨 주며 말합니다.
"이 집에 너랑 나밖에 없다, 이놈아!"

모구구
우리 애기

나는 원래 애교라면 질색하는 무뚝뚝한 사람인데,
모리한테만은 달라요.
고양이 앞에서는 혀 짧은 소리가 절로 나온답니다.
가끔 누가 이런 나를 볼까 봐 겁나요.

○ 오구오구 우쭈쭈

불러도 모르는 척하다가 내킬 때만 도도하게 다가오기,
간식이 먹고 싶으면 세상에서 제일 귀여운 얼굴로 애교 부리기,

사고를 쳐서 "이노옴~" 하고 혼내면
뒹굴뒹굴하면서 똥그란 눈으로 '혼낼 거야?' 하는
표정을 지으며 위기 탈출.

나도 고양이의 매력을 닮고 싶어요!

여러분은 반려동물의 털을 모으나요?
나는 몇 년째 모리의 털을 모으고 있어요.

빗질할 때마다 빠진 털을 뭉쳐 공을 만드는데,
이제는 제법 커져서 테니스공만 해요!

모리와 내가 함께한 시간이 이만큼 지났구나 싶어서
고맙기도, 뭉클해지기도 해요.

아주아주 나중에 모리가 고양이별로 떠나면
이 공을 안고 울 것 같아요.
주책이지만, 생각하면 슬픈 걸 어떡해요!

우리 집 모리는 유독 화장실 청결에 민감해서
화장실을 사용하고 나오자마자
나에게 달려와 빨리 치우라고 야옹야옹 채근합니다.

피곤해서 조금만 있다 치운다고 해도 끝까지 잔소리해대서
결국 일어나게 된다니까요!

화장실 청소가 잘 끝났는지 확인한 후에야 흡족한 얼굴로
그루밍하는 모리를 보며
새삼 집사인 나의 신분을 체감합니다.

키워 주셔서
감사합니다!!

모리를 처음 입양했을 때,
수개월간 새벽 내내 우다다를 해서 잠을 못 잤어요.
1년만 참으라는 주변 집사들의 말을 듣고 기다리니
진짜로 생활 패턴이 슬슬 나랑 비슷해지는 거예요!
그즈음, 이번에는 무는 버릇이 생겼어요.
놀이 시간이 부족해서라는 얘기를 듣고 열심히 놀아 줬죠.

시행착오를 겪으며 고양이를 키우다 보니 불현듯
엄마가 대단하게 느껴졌어요.
아무렴 고양이가 인간보다는 키우기 쉬울 텐데 말이죠.

○ 엄마는 대단해

나와 함께 누운 고양이를 가만히 바라보자면
지금의 행복이 실감 나지 않을 때가 있어요.

온 가족이 동물을 그다지 좋아하지 않아서
어릴 때 한 번씩은 키운다는 병아리,
햄스터조차 키워 본 적이 없거든요.

고양이를 처음 안았을 때의 기억이 생생해요.
이 작은 생명을 내가 책임져야 한다는 것을 실감하니
덜컥 겁이 나고 무서웠어요.

이 작고 귀여운 털북숭이가 정말 나랑 몇 년째 살고 있다고?
감동스럽고 신기합니다.

○ 집사 자리는 내 자리, 내 자리도 내 자리!

1. 이불 속에서 갑자기 얼굴을 내밀 때
2. 평소 들어가지 않던 상자에 갑자기 들어갈 때
3. 침대 머리맡에 다가와 나를 빤히 쳐다볼 때
4. 가만히 있다가 풀썩 드러누울 때

음…….
고양이가 귀엽지 않은 순간이 있긴 할까요?

모리는 이름이 많아요.

졸졸 따라올 땐 졸졸이,
만지면 말랑해서 말랑이,
얼굴이 동그래서 동구리,
털이 복슬복슬해서 털북숭이.

모리는 진짜 자기 이름을 모를지도 몰라요.

고양이는 저마다 특유의 무늬를 갖고 있어요.
비슷한 듯해도 자세히 보면 다 다르답니다.

모리는 입 주변 털만 하얀색이라서
마치 '손 안 대고 찹쌀떡 먹기' 게임이라도 하고 온 꼬마 같아요.

가끔 "우리 모리, 어디서 입에 밀가루 묻히고 왔어~" 하고
놀린답니다. 진짜 대회에 나갔다면 귀여움으로 1등 했을 거예요.
여러분의 고양이는 어떤 무늬인가요?

내가 밥 먹는 모습을 보며 부모님이
"먹는 모습만 봐도 배부르다"라고 말할 때는
무슨 뜻인지 잘 몰랐어요.

고양이를 키우면서 그 마음을 알았죠.
밥 먹는 것도 예쁘고, 오물오물하는 입도 귀엽고,
찹찹찹 물 마시는 모습도 사랑스러워요.

○ 너는 뭐든 사랑스러워

모리를 안아 올리면 매번
'왜 그래? 무슨 일이야?' 하는
어리둥절한 표정을 지어요.

싫어하면서도 몇 초쯤은
가만히 있어 주는데,
나를 이만큼 사랑하구나 싶어서 뿌듯하기도 하답니다.

우리 집에는 모리를 위한 공간이 정말 많아요.
숨숨집도 있고, 쉴 수 있는 높은 공간도 있어요.
창틀, 선반, 카펫 등 집 전체가 모리를 위한
공간이라 해도 과언이 아니지만,
가장 즐겨 찾는 곳은 바로 현관 앞 간식 상자 위!
그 자리가 아늑해서 좋은 건지, 간식과 가까이 있고 싶은 건지
모리의 마음이 늘 궁금해요.

○
모리의 공간

고양이도 양치해야 한다는 사실, 아시나요?

집사가 능숙하게 고양이 이빨을 닦아 주는 영상을 종종 보는데요.
그건 얌전한 고양이가 '마음의 준비(?)'까지 마쳤을 때만
가능한 일입니다.
대부분의 고양이는 양치가 싫어서 발버둥을 치거든요.

고양이도 간식을 먹은 뒤
알아서 양치까지 한다면 얼마나 좋을까요?
우리 집 모리가 혼자 양치하는 모습을 상상해 봅니다.

집에 왔을 때 모리가 유독 크게 "야오옹" 우는 날이 있어요.
그런 날은 뭔가 큰 사고를 친 거랍니다.

"집사야! 잘 모르겠지만 치워야 할 듯?!"이라고
말하는 느낌이랄까요?

일단 다친 곳은 없는지 모리를 살핀 후
긴장한 채 방으로 들어가요.

알려 줘서 고맙긴 하지만 치우는 건 왜 내 몫이냐옹!

○ **애절한 대화**

고양이도 울음소리로 감정을 표현하는 것 아시나요?
고양이가 "야옹" 하고 우는 건 사실 사람과
대화하기 위해서랍니다.
성묘끼리는 내지 않는 소리래요.

모리도 아침에 내가 침대에서 일어나지 않으면
"애오오옹" 하고 우는데, 그 목소리가 어찌나 애절한지!
그게 또 너무 귀여워서 벌떡 일어나게 돼요.

얼마 전 모리의 몸무게를 체크하면서
가만히 생각해 보니 모리 몸무게에 10.5를 곱해야
내 몸무게가 되더라구요.
모리 열 마리가 있어야 나 한 명이라니!
꽤나 충격이었달까요.

털 때문에 커 보이지만 모리가
아주 작은 동물이라는 사실을 새삼 깨달았습니다.
지금보다 열 배는 더 아껴 줄래요.

○
모
리
열
마
리

램프의 요정 지니가 나타나 소원을 딱 한 가지 들어준다면
여러분은 어떤 소원을 빌겠어요?

나는 우리 집 고양이가 아프지 말고,
오래오래 함께 살게 해 달라고 빌 거예요.

모리가 건강하게 살다가
나와 함께 고양이별로 가는 게 나의 가장 큰 소원이에요!

나만 고양이 없다고 아쉬워하는 분들,
너무 슬퍼하지 마세요. 고양이를 키우면
장난감도 종류별로 사 줘야 하고
입맛에 맞춰 밥도 주기적으로 바꿔 줘야 하고
매일 한 시간씩 최선을 다해 놀아 줘야 하고
아프면 한번에 수백만 원이 나갈 수도 있고
나보다 먼저 무지개다리를 건너면 아주 슬플 거예요.

과거로 돌아가서 이걸 다 알고도
모리를 키우겠냐고 물어본다면…….
그렇다고 대답하겠지만요.

mori.

○ 사랑하는 나의 모리

고양이는 야옹,
_____

우리는 뭐 어때용❣
_____

내가 키우는 고양이 모리의 '마법의 주문'은 야옹이에요.
신날 때도 냥냥, 배가 고파도 냥냥,
짜증 났으니 건드리지 말라고 할 때도 냥냥!
나는 이렇게 말해요. "뭐, 어떻게든 되지 않겠어요?"
용기가 생기고, 마음이 편해지는
마법의 문장을 떠올려 봐요.

무슨 일이든 일단 시작했다면 3년을 목표로 하라는 말이 있죠.
그래야 나에게 맞는 일인지 아닌지 확실히 알 수 있다고요.

나는 무슨 일이든 질리면 금세 그만둬 버려서
내가 뭘 좋아하는지도 모르고,
잘하는 것도 없다고 생각했어요.
생각해 보니 결국은 시간과 노력의 문제였어요.

무언가 시작했다면 너무 빨리 그만두지 말아요.
재능이 빛을 내기까지
시간이 필요할 수도 있으니까요.

빈티지 옷 좋아하세요?
나는 진짜 좋아해요.

요즘은 볼 수 없는 패턴이나 색감의 옷이 많거든요.
세상에 단 하나뿐이라는 희소성도 매력 있고요.

그중 특히 아끼는 원피스가 있는데,
안감의 손바느질 자국을 보면
누군가 직접 만든 옷이 아닌가 싶어요.

초록빛 색감도, 귀여운 패턴도, 쪼르륵 달린
진주 단추도 전부 내 취향이라
입으면 기분이 좋아져요.

여러분도 입으면 행복해지는 옷이 있나요?

오직 나만을 위한 소비는 마지막까지 망설여지지만
만족도는 최고예요.

늘 바닥에 앉아서 그림을 그렸는데
엉덩이랑 허리가 너무 아파서 이번에 큰맘 먹고
작업용 책상을 장만했어요.

새 책상에 앉으면 몸도 편하고 의욕도 생겨서
좀 더 열심히 하게 돼요!

일이 잘 풀리지 않고 이유 없이 짜증이 난다면
나를 위한 작은 선물 어때요?
확실한 동기 부여가 된답니다.

혼자 하는 여행과 함께 가는 여행 중 어느 쪽이 좋은가요?
나는 혼자만의 여행을 선호합니다.
워낙 계획 없이 돌아다니는 것을 좋아해서요.

예쁜 골목을 발견하면 꼭 걸어 봐야 하고
관광 명소에 가려고 계획했던 날이라도
즉흥적으로 일정을 바꾸곤 해요.

길을 잘못 들어도 동행인의 눈치를 보지 않아도 되고,
지치면 쉬다가 기운이 나면 다시 움직이고,
온전히 나에게 맞출 수 있다는 점이 홀로 여행의 장점이에요.

여러분은 어떤 여행을 좋아하세요?

○ 인생은 균형 잡기

평소 잔잔하거나 상큼발랄한 곡을 즐겨 듣는데,
어느 날 친구의 추천으로 EDM 음악을 접하고는
푹 빠졌어요.

내 취향과 전혀 다른 장르지만
낯선 리듬 때문인지 신비로운 기계음 때문인지
몸이 절로 들썩거리고 흥이 나요.

가끔은 평소 듣지 않는 장르의 음악을 들어 보세요.
새로운 세상을 만날 거예요.

여러분이 가장 좋아하는 음식은 뭔가요?
피자, 치킨, 햄버거 중에 하나만 고른다면?

머릿속이 복잡할 땐 이런 행복한 고민을 해 봐요.
입에는 침이 고이고,
머릿속은 맛에 관련된 상상으로 가득 차서
다른 건 아무것도 생각나지 않게요.

나의 옷장은 초록, 노랑, 빨강으로 가득해요.
그중에서도 초록색 계열을 가장 좋아해서
집도 온통 푸릇푸릇하게 꾸며 놨어요.
예쁜 초록색 물건을 보면
'이건 내 거야!'라는 느낌이 와요.
주변이 좋아하는 색으로 가득하면 볼 때마다
기분이 좋아진답니다.
여러분은 어떤 색을 좋아하세요?

나는 숫자에 정말 약해요.
특히 가게 손님들 앞에서 계산을 하다가
틀리면 얼마나 자괴감이 드는지 몰라요.

어느 날 같은 일을 하는 친구에게 이 얘기를 했더니,
다들 계산기를 쓰는데
왜 힘들게 암산을 하느냐며 웃더라고요.
갑자기 안심이 되면서 나도 웃음이 터졌답니다.
다음 날 바로 계산기도 사 왔어요.

뭐든지 전부 스스로 할 필요는 없었는데 말이에요!

'언젠가는 해 보고 싶어!' 하는 막연한 꿈이 있나요?

나는 할머니가 되었을 때
핀란드 숲에 가서 버섯을 따 보는 게 꿈이에요.
영화 〈카모메 식당〉에서 본 울창한 숲속
샛노란 버섯이 인상적이어서
언젠가 그곳에 꼭 가고 싶어졌어요.

사실 핀란드를 여행할 기회도 있었는데
일부러 가지 않았어요. 꿈을 완벽하게 이루고 싶어서요!
맞아요. 나는 맛있는 걸 제일 나중에 먹는 성격이에요.

우리 집 세 자매는 한배에서 났는데
성격도 식성도 모두 달라요.
어렸을 땐 많이 싸웠지만 지금은 사이가 좋은 편이에요.
나이가 들면서 서로의 다름을 인정하는 법을 배운 거겠죠.
여전히 이해 안 되는 면이 있지만 존중할 순 있어요.
의견이 다르더라도 그럴 수도 있구나 생각하면
싸울 일이 없더라고요.

○ 세 자매

나에겐 마법의 주문이 있어요.
"뭐 어때!"

어릴 때부터 남에게 폐를 끼치면 안 된다는
교육을 받아서인지
학교나 직장에서 작은 실수라도 하는 날에는
세상이 무너진 느낌이었어요.
그런데 세상을 살다 보니 사람은 절대 완벽할 수 없더라고요.
실수하면 빨리 수습하고, 같은 일을 반복하지 않도록
노력하면 된다는 걸 알았어요.

이제는 실수할 때마다 이렇게 외치고 잊으려고 노력해요.
"아, 뭐 어때! 사람인데 가끔 실수할 수도 있지!"

계절이 바뀌는 시기의 공기에서 맡을 수 있는
특유의 냄새가 있잖아요.
나는 가을이 올 때의 냄새를 제일 좋아해요.
살짝 흙냄새가 섞인 듯한 서늘한 공기!
이 시기엔 창문을 활짝 열고 커피를 마시곤 해요.
요즘은 유독 가을이 짧아져서 이런 시간이
더 소중하답니다.
여러분은 계절의 변화를 어떻게 감지하세요?

○ 계절 냄새

○ 봄·여름·가을·겨울 하면 떠오르는 것

어렸을 땐 위기가 닥치면
최악의 경우를 상상하면서 걱정과 불안에 시달렸어요.

이제는 사람이란 어떻게든 위기를 넘어서는 존재이고,
일은 어떤 방향으로든 풀리게 되어 있다는 사실을 압니다.
최악의 상황으로 치닫는다고 해도
거기서부터 다시 시작하면 된다는 것도요.

나에게 닥친 일 이상으로 걱정할 필요는 없어요.
걱정으로 해결되는 일은 아무것도 없으니까요.

어렸을 적 깡통에 담긴 동그란 왕사탕을 좋아했어요.
엄마와 하루에 하나만 먹기로 약속해서
사탕을 꺼내 먹는 순간을 날마다 기다렸죠.

사탕 하나로 행복했던 어릴 적과 비교하면
지금 일상은 상대적으로 무미건조하구나 싶어요.
왕사탕처럼 하루에 한 번,
나를 설레게 만드는 작은 일을 찾으면 어떨까요?

○ 동그란 왕사탕

누구나 미래에 대한 막연한 불안감을 가지고 살아요.
나도 갑자기 월급이 줄자 초조해져서
이것저것 해 보기 시작했어요.
고양이 그림도 그때부터 그리게 된 거예요.

'나는 위기가 닥치면 뭐든 할 수 있는 사람이구나'라는
사실을 안 것만으로 마음이 한결 편해졌답니다.

그러니 혹시 비슷한 고민을 하는 분이 있다면
너무 걱정하지 마세요.
뭐, 어떻게든 되지 않겠어요?

처음 들어서는 골목길을 따라 걷다 보면
낯선 풍경을 만나요.
운이 좋으면 보물 같은 가게를 발견하기도 하죠.

여행지에서도 계획 없이 골목길을 탐험해 보세요.
발길 닿는 대로 요리조리 걷다 보면
생각지도 못한 풍경이나
여행 안내서에는 없는 예쁜 가게를 만날 수 있으니까요.

○
골
목
길

탐
험

○ 보물찾기

조금 긴 휴가가 주어진다면 뭘 하고 싶으세요?
나는 매년 혼자 해외여행을 떠나
예쁜 카페와 레스토랑에서 여유를 즐기곤 했어요.

여행을 멀리 갈 수 없었던 작년에는 뭘 할까 고민하다가
한 번도 가 보지 않은 동네 경양식 식당에서 점심을 먹고,
눈에 띄는 가게를 구경하기도 하면서
조금 멀리까지 걸으며 여행의 기분을 만끽했답니다.
매일 지나다니는 곳인데도 꽤 새로웠어요!

선풍기 앞에서 "아아~" 소리를 내면서 장난친 경험,
다들 있으시죠?

묘하게 울리는 목소리가 재미있어서
선풍기 앞에서 말도 하고, 웃어 보기도 했던 기억이 있어요.

그 시절에는 별것 아닌 일도 신나게 즐겼는데,
어느새 소소하게 즐거워지는 법을 잊은 것 같아요.

우리 오늘, 거울을 보면서
웃긴 표정 한번 지어 볼까요?

○ 서운한 감정은 뭘까요?

남을 챙겨 주는 걸 좋아해서
그 감정이 나에게 돌아오지 않으면 서운했어요.
사실 상대는 원하지 않은 마음일 수도 있다는 걸
깨닫기 전까지요.

'주고받기로 합의된 게 아니라면 서운할 필요가 없구나.
잘해 줄 땐 아무런 기대도 하지 말아야지!' 다짐했어요.

지금은 내가 정말 좋아하고 믿는 사람들에게만
진심을 쏟으려고 해요.
그러니 설령 마음이 돌아오지 않아도 괜찮아요.

구석구석 귀여움 포인트를 배치해 봐요!

작은 고양이 브로치를 단 가방,
고양이 자수가 새겨진 양말 등.

포인트가 되는 아이템을 매치하고 외출하면
시선이 닿을 때마다 기분이 좋아지니까요.

○ 귀여움 포인트

친구나 연인과의 이별, 다들 경험해 봤겠죠?
지금 이 순간에도 힘들어하는 사람이 분명히 있을 거예요.

끝난 인연을 정리하려면 우선 그 사람과의 추억을
모두 흘려보내야 합니다. 그리곤,

안 하던 일 해 보기,
운동하기,
새 친구 만들기 등…….

부지런히 새로운 경험을 하면서
빈자리에 새로운 추억을 쌓아 가세요.

남들보다 예민하고 스트레스도 많이 받아서
고민하는 분이 있나요? 바로 내 얘기예요.

하지만 이런 기질조차 내 것이라고 받아들이고
대수롭지 않게 넘기면 오히려 스트레스를 줄일 수 있대요.

끊임없이 자신을 탓하고 과거에 얽매이는 대신
있는 그대로의 모습을 인정하고 앞으로 나아가면 돼요.

나쁜 감정이나 기질은 없어요.
받아들이는 것만으로 더 나은 방향을 선택할 수 있어요.

○ 나는 왜 이렇게 예민할까?

사소한 행복 중 가장 좋은 걸 꼽자면
맛있는 음식을 먹는 거예요.

간이 딱 맞고 보드라운 달걀이 올라간 오므라이스,
새빨간 딸기가 올라간 상큼하고 촉촉한 생크림 케이크 등.

입에 넣으면 세상 근심이 모두 사라지는 기분이 들어요.
너무 단순한가?

목표가 무엇이든 그것을 이루기란 결코 쉽지 않죠.
나는 매일 그림을 그리겠다고 결심한 뒤
정말 하루도 빼먹지 않고 그림을 그렸어요.
주말에도, 공휴일에도요.

꾸준함보다 중요한 건 없어요.
아무리 작은 일이라도 매일 하면
어느덧 목표에 다가가 있을 거예요.

마법의 주문으로 무엇이든 소환할 수 있다면
뭘 달라고 빌고 싶으세요?

대부분 "돈!"이라고 할 것 같아서 괜히 웃음이 나네요.
사실 나도 그렇거든요.

하지만 돈 말고 진짜 갖고 싶은 걸
지금부터 진지하게 고민해 보려고요.
진짜로 그런 기회가 생길지도 모르잖아요!

○ 마법의 소환진

목표는 반드시 크게,
또 신중하게 세워야 한다는 생각은 고리타분해요.
작고 즉흥적이어도 좋아요.

사소한 목표를 세우면
중간에 지치지 않고, 포기할 일도 없거든요.

당장 눈앞에 보이는 일을 내가 할 수 있는 만큼,
하루하루 성실히 해 나가기로 해요!

(204쪽에 작은 목표를 습관으로 만드는 30일 달력이 있으니
함께 해 봐요!)

기분이 가라앉을 때 보는 영화가 있나요?
나는 〈센과 치히로의 행방불명〉을 보고 나면
마음이 몽글몽글하고 따뜻해져요.

주인공과 함께 울고 웃다 보면
모든 일이 잘될 것 같고, 용기가 생겨서
아끼는 영화랍니다.
나만의 영화 플레이 리스트를 꾸려 봐요.

누구에게나 떠올리기 싫은 과거의 기억이
하나쯤은 있을 거예요.

누군가 그러더라고요.
과거를 자꾸 떠나보내야 오늘을 잘 살 수 있다고.
사람은 망각의 동물이라 웬만한 일은 잊을 수 있대요.

괴로운 기억이 자꾸 떠올라도
누굴 탓하거나 후회하며 곱씹지도 말아요.
내려놓고 지금 이 순간에 집중해요.

길을 걷다 갑자기 흑역사가 떠오른 적 있나요?

'으악~ 그땐 내가 왜 그랬을까?'

잊고 싶은 기억이 한 번 생각나면

꼬리에 꼬리를 물고 계속 이어지잖아요.

그럴 땐 눈앞에 보이는 간판이나 표지판을 집중해서

차례대로 읽어 보세요.

어느새 '내가 무슨 생각을 했더라' 하고 잊게 되더라고요.

아름다움에 취해 눈물을 흘려 본 적 있나요?

나는 이탈리아 로마에서 길을 걷다 운 기억이 있답니다.
지어진 지 200년도 넘은 고건물 사이를 걷는데
그 순간이 꿈인지 현실인지 모를 정도로 아름다웠어요.

해 질 무렵의 선선한 바람,
다정하게 대화를 나누며 지나가는 사람들,
장엄한 건물과 예쁜 가게.

모든 것이 완벽하게 느껴져서 그만 눈물이 나지 뭐예요.
언제 또다시 그 아름다운 거리를 한가롭게 걸을 수 있을까요?

다시 보고 싶은 광경이 있나요?

베레모에 대한 로망이 있어요.
평소 옷, 가방, 신발까지 모두 같은 색으로
맞추는 걸 좋아하는데
베레모만 쓰면 완벽할 코디가 있거든요.

그런데 모자만 쓰면 왜인지 머리가 아파서 힘들어요.
안 어울린다는 이유라면 상관하지 않고
당당히 쓰고 다닐 텐데……
베레모를 예쁘게 쓴 사람을 보면 자꾸 시선이 가요.

여러분도 좋아하는 패션 아이템이나
입고 싶은 스타일이 있나요?

내 의지와 상관없이 자극적인 뉴스를 자꾸 접하는 요즘…….
예전에 무서운 사건을 자세히 다룬 뉴스를 본 후로
때때로 떠올라서 한동안 괴로웠어요.

이제 내게 좋지 않은 정보는 일부러 피하곤 해요.
실제로도 이 방법이 마음을 안정시키는 데 좋다고 하더라고요.
우리 되도록 좋은 것을 보고 살아요.

○ 내 마음 지키기

내향형인 나는 사람 많은 곳은 일단 피하곤 해요.
그런데 스페인을 여행하다 우연히 길거리에서 열린
모히토 페스티벌에 참가한 적이 있어요.
수십 명이 한데 모여 라틴 댄스를 즐기고 있었어요!

그곳에서 모히토를 마시며 함께 흔들거리자니
꿈을 꾸는 게 아닌가 싶을 정도로 황홀한 기분이었죠.
사람이 많아서 더 좋았어요!

그때 깨달았어요. '환경보다도 그곳의 분위기를
즐기려는 마음가짐이 중요하구나!'

그동안 경험해 보지도 않고 포기했던 일들이 떠오르면서,
좋은 것들을 놓치고 살았구나 싶어 아쉬워졌어요.
이제 아무것도 모르는 상태에서는 포기하지 않을래요.

여러분이 여행지에서 꼭 들르는 장소를 꼽는다면?

나는 소품 가게랍니다.
그 나라 특유의 귀엽고 예쁜 물건을 구경하는 게 가장 즐겁거든요.

주위에선 "거기까지 가서 그 음식을 안 먹었어?"
혹은 "그것도 안 보고 왔다고?" 하고 안타까워하지만
나는 그리 아쉽지 않은걸요!
여행을 가는 목적은 사람마다 다르니까요.

○
여행의 목적

생각은 생각을 불러와요.
한번 시작되면 꼬리에 꼬리를 물고 이어지다가
잊고 싶어서 꽁꽁 감춰 둔 기억까지 들춰내죠.
그러니 생각이 늘어질 땐 중간에 잘 끊어 줘야 해요.

그거 아세요?
천재들이 그렇게 생각이 많대요.
나는 왜 이렇게 생각이 많을까 괴로우면
'나 혹시 천재?'라는 생각(또 생각?!)을 하며
머릿속을 환기시켜 보세요.

왜 이렇게
생각이 많을까
생각하는 나

요즘 힘든 일이 있나요?
마음의 건강을 회복하는 방법 중 하나는
일단 몸을 움직이는 것입니다.
단순하지만 확실한 방법이죠.

부지런히 움직이세요.
운동이나 대청소를 해요.
밖에 나가 친구들을 만나도 좋아요.

쉴 새 없이 움직이다 보면 어느새 마음도 괜찮아질 거예요.
경험담이니 한번 믿어 보세요!

○ 몸 운동, 마음 운동

내 인생은 내가 만든다!

어릴 땐 바라는 것들을 막연하게 상상만 했어요.
그러나 이제는 알아요.
내가 움직여 기회를 만들지 않으면
원하는 미래는 오지 않는다는 것을요.

물론 이 사실을 미리 알았다면 더 좋았겠지만
지금도 늦지 않았으니까 괜찮아요.
우리 이것저것 많이 해 보며 살자고요!

혹시 '나는 OO한 사람이다'라고 단정 짓고 있다면,
잠깐만 그 생각을 잊어 봅시다.

나는 내가 제일 잘 알지만,
고정 관념에 사로잡혀 있는 경우도 많습니다.
술을 싫어한 나도 서른 살이 넘어
칵테일의 세계에 빠졌어요.
디자이너가 천직이라 여겼는데
지금은 전혀 다른 일을 하고 있고요.

우리는 생각보다 더 다양한 일을 할 수 있는 사람이랍니다.

。 내가 만든 틀

기분이 좋지 않은 날엔 정성껏 단장한 후 외출해요.
화장은 좋아하는 색깔로, 옷도 특별히 아끼는 것으로!

길거리를 걷다가 쇼윈도나 거울에 비친 내 모습을 보면,
내가 좋아하는 것까지 함께 눈에 들어와서
기분이 좋아지거든요.

그날그날 가방을 바꿔 들다 보면
깜빡하고 이전 가방에 둔 물건을 옮기지 못할 때가 있어요.
우산이나 지갑이 없기도 해요.
그래서 나는 자주 드는 가방에 전부 작은 우산을 넣어 놔요.
지갑을 빠트릴 때를 대비해 화장품 파우치에
신용카드 한 장도 넣어 두고요.
인생에는 늘 플랜 B가 필요하니까요!

나만의 행복 BGM을 만들어 보세요.

벚꽃이 휘날리는 화창한 봄날이나
초여름의 따뜻한 공기가 느껴질 때,
쌀쌀한 가을밤에 단풍잎이 떨어지는 길을 걸을 때,
상황에 어울리는 음악을 들으며
그 순간을 만끽해 보는 거예요.

행복 BGM이 더해지면,
그 순간 마치 영화 속 주인공이 되는 기분이랍니다.

○
행
복
B
G
M

○ 오후의 홍차

나는 언니와 함께 다니며
좋은 장소에서 좋은 것을 즐기는 기쁨을 배웠어요.
애프터눈 티 세트를 처음 먹은 것도 언니와 함께였어요.

눈과 입이 모두 즐겁다는 게 무슨 뜻인지 알게 된 후로
가끔 혼자 가기도 해요.

맛있는 과자와 케이크, 아름다운 찻잔을 보면
참 기분 좋지 않나요?
여러분을 기쁘게 하는 '좋은 것'은 무엇인가요?

가을 타는 분 많죠?
공기가 점점 차가워지고
낙엽이 하나둘 떨어지면 왠지 모르게
공허해져요.

그럴 땐 분위기 있는 재즈 음악을 들으며
멜랑꼴리한 분위기를 만끽해 보세요.

분위기 좀 잡아 볼까 하면 어느새 코끝이 시릴걸요?
가을 타는 것도 부지런해야 합니다.

○
가
을
타
기

I don't feel like doing anything.

아무것도 하기 싫은 날에는
정말 아무것도 안 하기!

쓸데없는 생각이 머릿속을 계속 돌아다닌다면
좋아하는 단어를 외쳐 보세요.
예를 들면 "딸기 케이크!"
효과가 있답니다!

왜 안 좋은 일은 한꺼번에 닥칠까요?
야속하다고 생각한 적이 많았는데, 찬찬히 돌이켜 보니
좋은 일도 자주 겹쳐서 일어났더라고요.
세상일이 우리 뜻대로 되면 얼마나 좋을까요.
그럴 순 없으니 좋은 일이든 안 좋은 일이든
허허 웃으면서 의연하게 넘어가 보려고 해요.

○
의
연
하
게

허
허

고양이 그림을 매일 그리자고 다짐했을 때
사실 자신은 없었어요.
원래 끈기 있는 성격은 아니거든요.

그러다 작심삼일의 습관을 고치는 방법을 알았습니다.
'무엇이든 한 달 동안 무조건 매일 한다!'입니다.
월·수·금만 한다거나 주말은 쉰다거나 하는 틈이 있으면 안 돼요.

그렇게 한 달간 매일 하면,
그 후로는 하루만 쉬어도 괜히 찜찜하고
자신에게 묘한 패배감이 들어 계속하게 됩니다.
나도 그렇게 지금까지 2년 동안 매일 고양이 그림을
그리고 있답니다.

우울할 땐 우울함과 한 발짝 떨어져 보세요!
감정과 멀어지는 거예요.

감성적인 노래 듣지 않기,
자꾸 우울해지는 마음 모르는 체하기!

그리고 밖에 나가 동네를 한 바퀴 열심히 뛰고 나면
어느새 기분이 개운해져 있을 거예요.

○ 도망이 나쁜 것은 아니야

고양이는 귀엽고

우리도 귀여워

고양이는 아무것도 안 해도 어쩜 이렇게 귀여울까요?
그러나 놀라운 사실,
우리도 생각보다 귀엽다는 것!
계절의 변화를 만끽하고,
시시때때로 몸을 깨끗이 단장하고,
안 좋은 일이 있어도 맛있는 걸 먹으며 훌훌 털어 내는
우리가 안 귀여울 수 있나요!

아보카도믈리에가 되고 싶어요.
과카몰레를 자주 만들어 먹거든요.
아보카도는 말랑하게 잘 익은 시점을 알기가 참 어려워요.
덜 익은 아보카도는 잘 으깨지지 않고,
조금만 시간이 지나면 썩어 버리고…….

아보카도를 반으로 딱 잘랐을 때,
항상 씨가 뿅 튀어나오고 과육도 말랑하게
잘 익은 상태라면 정말 좋겠어요.

나는 어릴 적 사진이 많아요.
부모님이 사진을 찍어서 남겨 두는 걸
좋아했거든요.
주로 엄마의 지시에 따라 가족 모두가
이런저런 포즈를 취했답니다.

그래서 정작 사진에는 엄마가 등장하지 않아요.
(지금처럼 타이머 기능이 있는 카메라였다면 좋았을 텐데.)

가족사진 다들 열심히 찍고 있죠?
가족 구성원 한 명도 빠짐없이요!
남는 건 사진뿐이랍니다.

여행지에서는 귀를 활짝 열어 두세요.

행인들이 그 나라 언어로 대화하는 소리,
가게에서 흘러나오는 노래나 길거리 소음,
바람 소리, 심지어 개가 짖는 소리까지!
모든 소리가 BGM처럼 들리거든요.

나는 너무 달지도, 짜지도 않은 단순한 맛을 좋아해요.

내 취향을 아는 언니는 빵도 입맛에 맞게 구워 준답니다.
그런데 어느 날, 초코멜론빵을 내미는 거예요.

겉도 초콜릿, 크림도 초콜릿이라
'이건 너무 달겠는데?' 하면서 한입 먹었는데, 세상에!
너무 맛있어서 감동했어요.
가끔은 아주 '달다구리'를 즐겨 봐요!

코로나 팬데믹으로 오랫동안 해외여행을 못 갔을 때,
여행 기분 내는 방법을 알게 됐어요.
바로 구글 맵 스트리트 뷰로 떠나는 랜선 여행입니다.
구글 맵에 가고 싶은 곳을 입력해 그곳의 길거리를
살펴보는 거예요.

길거리 구석구석을 누비다 보면
실제로 여행하는 느낌도 나고,
"여기는 나중에 꼭 가 보고 싶다!" 하는 곳도
생겨서 진짜로 떠날 날을 기대하게 돼요.

스스로 하진 않아도, 좋아할 수는 있죠!
주변에 요리나 베이킹을 좋아하는 친구, 가족이 있으면
때때로 생각지 못한 음식을 먹게 돼요.

자신이 요리를 잘하면 더 좋겠지만
남이 열심히 요리하는 모습을 옆에서 구경하는 일도,
완성되어 가는 음식을 보며 군침을 흘리는 일도 꽤 즐거워요.

○
요리
좋아하세요?

해외여행 중 음식 때문에 힘들었던 적 있나요?
향신료가 많이 들어가거나 느끼한 음식을 못 먹는 사람은
트렁크 가득 한식을 싸 가기도 할 텐데요.

나 역시 한식파여서 여행을 가면
곤란할 때가 많답니다.

스페인 여행 중에는 내가 남긴 음식을 보고
음식점 직원이 "맛이 없었어?" 하고 너무 놀라는 바람에
미안해서 진땀을 흘렸어요.

사실 나는 돈가스나 소시지를 가장 좋아하는
어린이 입맛이거든요!

나는 작은 가방을 못 메고 다녀요.
뭐든 미리 대비해야 직성이 풀려서
도라에몽 주머니 같은 큰 가방에 필요한 물건을
전부 넣어 가지고 다녀야 하거든요.

작고 아기자기한 가방을 메고 다니는 사람을 보면
저기 물건이 얼마나 들어갈까 궁금해요.
진짜 도라에몽 주머니는 저쪽이 아닌가 싶을 때도 있답니다.

여러분은 가지고 다니는 물건 중 특별한 게 있나요?
(나는 휴대용 가위요! 아무 생각 없이 해외여행 떠날 때도
들고 갔다가 공항 검색대에 걸린 적도 있어요.)

아무것도 하기 싫은 날에도
정말 아무것도 하지 않으면 괜히 죄책감을 느껴요.

남들은 열심히 사는데
나는 이렇게 빈둥거려도 되는 걸까 자책하기도 해요.
그런데 이런 생각을 한다는 사실 자체가
아무것도 안 하는 건 아니지 않나요?

이런 생각조차 없이 종일 뒹굴어 보세요.
몸과 마음이 온전히 쉬어야
무언가를 새로 시작할 여유가 생긴답니다.

그럼, 아무것도 하기 싫지만
해야 할 일이 있는 날엔 어떻게 할까요?

그냥 얼른 해 버리기!
마음속으로 변명하거나 이따가 하겠다며 미루지 말고,
벌떡 일어나서 바로 해치웁시다!

소리 내어 하나, 둘을 세고,
"셋!"과 동시에 일어나 봐요.
자, 하나 둘 셋!
나도 모르게 몸을 벌떡 일으키게 된다니까요.

어떤 노래를 들으면
그 노래를 즐겨 들은 때의 장면이 생생하게 떠올라요.
물론 로맨틱한 기억만은 아니라서
아주 좋아했지만, 지금은 다시 듣지 못하는 노래도 있죠.

사소한 장면으로 기억되는 노래도 있어요.
어떤 노래를 들으면, 당시 열심히 했던 게임이 떠올라요.
그 노래를 들으면서 정말이지 온종일 했거든요!
여러분도 기억 속의 음악이 있나요?

유령을 믿으세요?
실제로 존재하는지 알 수는 없지만
나는 유령을 무서워한답니다.
어른이 된 지금도 방이 너무 깜깜하면 무서워서 못 자요.
이불 밖으로 발도 못 내놓고요.
공포 영화는 더더욱 못 본답니다.
까만 머리를 늘어트린 동양 유령이 제일 무서워요!

그런데 흰 천을 뒤집어쓴 서양의 꼬마 유령은
좀 귀여운 것 같기도 하고?

○ 유령도 유령 나름

○ 천천히 가까워져요!

SNS에 그림을 올리기 시작했을 때
적응되지 않았던 것 중 하나는
친해지자며 소통을 강요(?)하는 사람이었어요.

마치 길거리에서 누군지도 모르는 사람이
나를 붙잡고 "야! 너 나랑 친구 하자! 내 번호 저장해!" 하는
느낌이었달까요?

진짜 친구가 되려면 서로 알아 가는
시간이 필요해요.

우리 천천히 가까워지면 어때요?

요즘 어린이들은 '고무줄놀이'를 잘 모른대요.
나는 학교를 마치자마자 집에 책가방을 던지고
고무줄놀이를 하러 뛰어나가는 게 오후 일과였는데 말이죠.
잘하지 못해서 늘 깍두기였는데, 뭐가 그렇게 즐거웠는지!

요즘 어린이들에게도 고무줄놀이의 짜릿함을
전수하고 싶어요.
"일단 깍두기로 끼워 줄게, 같이 하자!" 하면서요.

○ 고무줄놀이

어릴 적 비가 오지 않게 해 달라고
소원을 빈 적이 있나요?
소풍 전날 밤이면 내일 비가 와서 소풍이 취소될까 봐
전전긍긍했어요.

요즘은 간절히 바라거나 설레는 일이
점점 줄어드는 것 같아 아쉬워요.
사소해도 좋으니 나를 설레게 만드는 무언가를 찾고 싶어요.

한국의 겨울 풍경은 참 재밌어요.
날씨가 추워지면 다들 약속이라도 한 듯이
검은색 롱 패딩을 꺼내 입고 나오거든요.

언젠가 한국의 겨울이 시베리아보다 춥다는 뉴스를 봤어요.
돌돌 만 김밥 같아서 안 예쁘다는 사람도 있지만,
이제 우리나라에서 롱 패딩은 패션 아이템이 아니라
생존템이자 필수템 아닌가요?

○ 롱 패딩은 멋으로 입는 게 아니거든요

어느 순간 내가 뒷짐을 지고 걷는 걸 알았어요.
이 자세가 편하더라고요?

길에서 할머니, 할아버지가
뒷짐 지고 다니는 걸 보기만 하다가
막상 내가 그렇게 걷는다는 사실을 알게 되니
기분이 이상했어요.
허리가 아프면 뒷짐 지는 자세가 편해지는 걸까요?

요즘은 뒷짐을 풀고
바른 자세로 걸으려고 노력하고 있어요.

언젠가부터 혼잣말이 늘었어요.

자리에서 일어날 때 "아, 일어나야지~" 하거나
앉을 때 "아이고 힘들다~"라고 말한답니다.

길을 걷다가 "오늘이 무슨 요일이지?" 내뱉고는
혼자 깜짝 놀라서 주변을 살필 때도 있어요.

부끄러우니까 혼잣말은 줄여야지 하면서도
잘 안 되는데 어떻게 하죠?

나는 내향형이라 길거리에서 아는 사람을 만나도
쉽게 아는 척하지 않아요.
인사한 뒤에 무슨 말을 꺼내야 할지 모르겠고,
간단한 대화를 나누는 상상만으로도 어색하거든요.

내향형인 사람이 길에서 쭈뼛쭈뼛 아는 척을 했다고요?
그 사람은 당신을 진짜 좋아하는 거예요!
나도 그렇거든요!

○ 길 에 서 누 군 가 아 는 척 한 다 면

부모님 집에 살 때는 늘 방을 어지럽혔어요.
옷은 아무 데나 벗어 두고, 걸레질도 안 하고요.

그런데 독립하고 나니 청소를 열심히 하게 되더라고요.
나갔다 오면 옷도 제자리에 두고요.
아마도 내가 이 집의 주인이라는 생각 때문이
아닐까 싶어요.

내 몸과 고양이, 집까지 책임지는 건 피곤하긴 하지만
꽤 뿌듯한 일이에요!

○ 찌뿌둥한 날에는 크게 기지개~

○
건
강

염
려
증

자주 아팠던 나는 일명 '건강 염려증'이 있어요.
조금만 몸이 안 좋아도 걱정하며 병원에 가죠.
대부분은 별일 아니더라고요.

간혹 병원이 문을 열지 않는 주말에 아프면
혼자 인터넷 검색을 해 보고 불안에 떨기도 해요.

큰일 아니란 걸 마음으론 아는데!

우울할 때
맛있는 걸 먹는 게 최고예요.
시원한 아이스크림 한 입이면
작은 걱정은 사르르 녹아내려요.

○ 아이스크림 먹을까?

본능을 이끄는 무언가가 있나요?
자신도 모르게 몸이 먼저 반응하는 순간!

우리 집 고양이는 공만 보면 시선을 못 떼고
졸졸 따라다녀요.
그리고 나는 길을 걷다 고양이만 만나면
졸졸 따라가게 된답니다.

원래 계절 중 여름을 제일 좋아해요.
그런데 마스크를 쓰기 시작하면서
여름이 괴로워졌어요.
기온이 30도를 넘어가면
마스크 안은 그야말로 한증막!
아직 걱정 없이 마스크를 벗을 수는 없잖아요.
하루빨리 마음 편하게 마스크를 벗고 다니고 싶어요!

○ 마스크 한증막

○ 옷을 맞춰 입고 만나면 어떨까?

내향형인 사람들은 춤추는 걸 싫어할까요?
아니요!

술을 마시면 바에서 흔들거리기도 하고,
EDM 페스티벌에서 펄쩍펄쩍 뛰기도 하고,
친구들과 집에서 음악을 틀어 놓고 막춤을 추기도 해요.
사실 집에서 혼자 춤추는 게 제일 신나고 재미있어요.
내향형 댄서다운가요?

○
내
향
형
댄
서
의
무
대

가을은 너무 짧아요.
트렌치코트와 재킷을 몇 번 입다 보니
순식간에 추워져 버렸지 뭐예요?
금방 패딩을 꺼내야 하니
예쁜 가을옷은 부지런히 입어야 해요.
가을아, 가지 마!

나는 수영을 못해요.
어릴 때 바다에 빠진 일이 트라우마로 남았는지
깊은 물에 들어가는 건 무서워요.
하지만 얕은 물이나 욕조에서 첨벙대는 건 좋아해요.
물과 조금 더 친해지는 게 올해 목표예요.

○ 수영 잘하세요?

○ 준비 운동은 충분히

사회생활을 하다 보면 종종
도무지 이해되지 않는데 해야 하는 일이 생기죠.
일이 바쁠 때보다 더 스트레스를 받아요.
그럴 땐 차라리 빨리 끝내는 게 나을지도 몰라요.

학교나 회사에 다니고,
여러 사람을 만나며
열심히 살아가는 모든 분을 존경합니다!

아침 알람 소리에 "3분만 더~"를 외치고 나서의 3분은
순식간인데 컵라면을 기다리는 3분은
왜 이리 길게 느껴질까요?

"3분 다 됐다~" 하고 뚜껑을 열어 보면
아직도 면이 꼬들꼬들.

나는 언니와 두 살 차이예요.
꼬꼬마 시절엔 언니를 졸졸 쫓아다녔어요.
학교가 끝날 시간만 기다리다가
언니를 따라 놀러 나갈 정도였어요.

언니는 귀찮아하면서도 나를 잘 돌봐 줬는데
성인이 된 지금도 나를 아이처럼 대해요.
나도 언니가 엄청난 어른처럼 느껴지고요.
한번 동생은 영원한 동생일 수밖에 없나 봐요.

아침에 일어났는데 콧물이 나온다?!
가을이 오는 신호입니다.

먹어도 먹어도 배가 고프고 자꾸 재채기가 난다?!
가을이 오는 신호입니다.

솜사탕은 어린이만의 간식인 걸까요?
어쩐지 어른이 되고서는 먹은 기억이 없어요.

가끔 봉지에 피에로 그림이 그려진,
슈퍼에서 팔았던 솜사탕이 생각나요.

단 걸 많이 먹으면 엄마한테 혼났기 때문에
몰래 숨어서 먹었는데, 그래서 더 맛있었어요.
입에 넣자마자 사르르~
갑자기 입에 침이 고여요!

○
솜
사
탕

가장 좋아하는 쿠키를 고르라면,

커다란 밀크 초콜릿 덩어리가 콕콕 박힌 초코칩쿠키예요!

아이스 카페라테와 함께 먹으면 마법처럼

하루의 피로가 싹 풀리죠.

그때마다 맨 처음 초코칩쿠키를 만든 분에게

감사하게 된답니다.

다이어트 중에도 끊을 수 없는 소울 푸드가 있어요.
아이스 카페라테와 달콤한 디저트요.
스트레스를 많이 받은 날에는 무조건 먹어 줘야 해요!
떡볶이나 피자는 참아도 이건 절대 양보할 수 없어요.

기분이 좋아지면 일도 술술 풀리니 먹는 게 이득 아닌가요?

○ 소울 푸드

○
**고
양
이
와

식
물**

고양이와 식물은 궁합이 그리 좋은 편은 아니지만
(먹으면 위험한 꽃도 있고요.)
자연을 즐기는 고양이 사진을 보면 어찌나 귀여운지~
사진으로 즐길 때 더 좋은 것도 있는 법이죠!

고양이는 깨끗한 동물이에요.
우리 집 고양이도 몇 년째 목욕을 시키지 않았는데
몸에서 따뜻한 햇볕 냄새가 나요.

고양이는 혀로 털을 핥는 행동인 그루밍을 자주 하는데,
침에 냄새를 억제하는 성분이 있대요.

매일 아침저녁 샤워하기 귀찮은 사람으로서
이럴 땐 고양이가 참 부럽지 뭐예요?

어린 시절 크리스마스 전날이면 부모님이 머리맡에
선물을 놓아두셨어요.

다섯 살 때는 잠을 꾹 참고 기다리다가
부모님이 선물을 놓고 나가자마자 일어나서
뜯어 본 적이 있어요.
언니는 바비 인형, 나는 누워 있다 일어나면 눈을 뜨는
'눈깜빡이' 아기 인형을 받았는데
어린 마음에 나도 바비 인형을 갖고 싶다며 펑펑 울었죠.

그때 엄마가 갑자기 복화술로
아기 인형을 연기했어요.
"나는 너랑 놀고 싶어서 왔는데 넌 아닌가 봐.
흑흑, 난 인형 가게로 돌아갈게."

나는 미안한 마음에 아기 인형을 끌어안고
가지 말라며 울었죠.
아이들은 어쩜 그렇게 순수할까요!

먹을까 말까 고민하다 새벽 두 시가 되어서야 먹은 라면.

엄마가 담가 준 깍두기랑 순삭.

차라리 고민하지 말고 일찍 먹을 것을.

이불 속은 늘 벗어나기 힘들지만 겨울엔 특히 더 심각해요.
따끈한 전기장판의 온기와 이불의 포근함이
매일 아침 "5분만 더!"를 외치게 한답니다.
이불 밖은 정말이지 너무 위험하다니까요.

○ 이불 밖은 위험해

나이를 먹는 건 두렵지만 장점도 많아요.
이런저런 일을 겪으면서 성격이 둥글둥글해지고
작은 사건에 일희일비하면서 마음 다치지도 않죠.
뚜렷한 취향과 스타일도 생기고요.

숙성될수록 맛이 좋은 와인처럼
내일은 오늘보다 나은 내가 되어 있기를 바라요.
그날까지 Cheers!

어느 날 걱정이 하나 생겼어요.
'내가 갑자기 세상을 떠나면 우리 고양이는 어떡하지?'
친구가 적고, 매일 연락하는 사람도 없거든요.
고양이는 공복 상태가 6시간 이상 지속되면
위험하다는데…….

그래서 나랑 비슷한 조건의 사람과
'생사 확인 메이트'가 되면 어떨까 생각해 봤답니다.
주기적으로 서로 생존 신고만 주고받는 거죠!
혼자 사는 사람이 점점 늘어 가는 요즘,
완전히 어이없는 생각은 아니지 않나요?

○
생
사
확
인
메
이
트

평온한 상태가 지속되면
정신 건강에 오히려 해롭다는 기사를 봤어요.

적당한 자극과 스트레스가 뇌 활동을 자극해
회복 탄력성을 키워 준대요.

그래서 요즘은 스트레스를 받아도
'그래, 이 정도는 정신 건강에 좋지!' 하고 나를 위로해요.
물론 어디까지나 '적당한' 스트레스여야 가능한 일이지만요.

여행을 준비할 때 뭘 가장 중요하게 생각하나요?
나는 여행지에서 할 일보다 준비물을 치밀하게
챙기는 편이에요.

일정을 떠올리면서 목록을 작성하고,
몇 번씩 체크해 가며 짐을 싼답니다.
뭔가가 없어서 곤란한 상황은 정말 싫어요!

여권을 잃어버려 여행을 가지 못하는 악몽을 꾼 적도 있어요.
그래도 여행 가서 아쉬운 것보단 낫죠!

엄마 몰래 라디오

아날로그 세대인 나는 어릴 때 밤마다 엄마 몰래
이어폰을 끼고 라디오를 들었어요.
웃음소리가 새어 나갈까 봐 이불에 쏙 들어가서 쿡쿡댔죠.
그대로 잠들어 버려서 아침 라디오와 함께 하루를
시작하기도 했어요.

이제는 밤늦게까지 라디오를 크게 들어도 아무도
뭐라고 하지 않는데!
오늘 밤엔 라디오를 듣다 잠들래요.

옛날에 TV에서 보고, 쭉 쓰는 니트 보관법이에요.
니트를 반으로 접어 옷걸이에 포개어 놓으면
늘어짐이나 변형도 없고 꺼내 입기도 편하답니다.
진짜 괜찮은 방법이니까 꼭 써 봐요!

겨울이면 꼭 고구마를 구워 먹어요.
에어프라이어에 넣고 20분, 뒤집어서 다시 20분 돌리면
집 안 가득 달달하고 따뜻한 고구마 냄새가!

고구마가 익는 동안 집을 청소하거나 할 일을 끝내 놔요.
땡 하는 소리가 나자마자 고구마를 꺼내 먹어야 하니까요.
뜨거워서 껍질 벗기기 힘들지만, 홉~ 하고 베어 먹으면
이것이 바로 겨울의 맛!

초등학생 때 옆집에서 강아지를 키웠어요.
한번은 내가 인터폰을 들고 왕왕 강아지 소리를 냈더니
강아지가 똑같이 왕왕 하고 대답하는 거예요.
재미있어서 한참이나 대화를 나눴죠!

얼마 후 옆집 아주머니가 나오셔서 뭐 하냐고 물었어요.
난 그게 누군가에게 들릴 거라곤 생각도 못 했는데!
아주머니가 얼마나 황당했을까 생각하면 헛웃음이 나네요.

제모를 할 때마다 생각해요.

'필요하니까 난 털일 텐데

사람은 왜 털을 정리해야 하는가!'

솔직히 너무 귀찮잖아요?

고양이는 털이 많을수록 귀여운데 말입니다.

몸이 찌뿌둥한 걸 보니 곧 비가 오겠다는 어른들의 말이
이제는 이해돼요.

나이가 드니 몸도 날씨의 영향을 받네요.
아침에 유난히 몸이 무겁고
온몸이 쑤셔대면 어김없이 비가 오더라고요.

비가 오면 외부 기압이 낮아져 관절 내부의 압력이
상대적으로 높아진대요.
하지만 어릴 땐 전혀 느끼지 못한걸요!
비 와서 쑤시는 몸보다 그 사실을 알게 된 일이 더 아프네요!

○ 매일 딱 10분씩

두둑해진 배를 보면 운동은 해야겠고, 힘든 건 싫고!
재미있는 운동법이 없을까 고민하다가 훌라후프를 샀어요.

쉬울 줄 알았는데 땀이 줄줄~
훌라후프 돌리기도 엄연한 운동이라는 걸 알게 됐죠.
오래 하면 금방 질릴까 봐 하루에 딱 10분씩만 한답니다.

봄이 오면 날씨가 좀 쌀쌀해도 반소매를 입어요.
추운데 왜 반소매를 입고 다니냐고
묻는 사람들이 있는데 모르는 말씀!

봄에만 즐길 수 있는 시원하고 보송한 공기를
피부로 느껴야 하거든요.

○ 봄에 반소매를 입는 이유

집순이에도 종류가 있어요.

진짜로 집에선 꼼짝도 안 하는 부류와

가만히 있으면 몸이 근질거리는 부류.

난 후자라서, 하다못해 청소라도 해야 한답니다.

그래서 휴일에 종일 집에 있었는데도

쉰 것 같지 않을 때가 있어요.

명상이라도 배워 볼까 봐요.

별다른 이유 없이 우울하거나 예민해져서 달력을 보면
어김없이 '대자연의 날'이 다가오고 있어요.

그럴 땐 "이것은 호르몬의 농간이다!" 하고 외치며
달고 맛있는 것을 마구 먹고, 배를 따뜻하게 합니다.
그러면 우울한 감정이 조금 가라앉아요.

이유 없는 결과는 없는 법이죠.
원인을 파악하면 사건 해결은 훨씬 쉬워져요.

○ 원인은 바로!

로봇 청소기는 고장 나면 버리거나 교체하는 대신
수리하는 비율이 일반 가전제품보다 더 높다고 해요.
이름을 지어 주기도 하고요.
사람은 움직이는 존재에 애정을 느끼나 봐요.

집이 너무 더러울 땐 가끔 나도 모르게 말한다니까요.
"로봇 청소기야, 미안해!"

로봇 청소기야,
방이 더러워서
미안해!

비 오는 날의 흙냄새를 아세요?
비가 내리기 시작할 때 마른 흙이 젖어 들면서 나는
살짝 비릿한 그 냄새를 정말 좋아해요.

누군가는 모르고 지나치기도 하고,
맡아도 별 감흥이 없을 수도 있죠.

하지만 '비 온 뒤 흙냄새'라는 향수까지 있는 걸 보면
좋아하는 사람이 꽤 많은 매력적인 향기인 것 같아요.

시골 생활을 동경하면서도 떠나지 못하는
이유가 있어요.

조용하고 아름다운 전원생활은 정말 매력적이지만
초스피드 K-배달 서비스를 포기할 수 없거든요.

성격 급한 사람이 시골에 내려가면
택배나 음식 배달 서비스를 빠르게 이용하지 못하는 점이
제일 불편하다는 거예요.

그러니까 나만의 조용한 시간은 그냥 집 안에서
즐기는 것으로!

일어날 기운이 없도다.

한심

요즘 누워서 자주 하는 생각이 있는데,
운동 좀 해야겠다는 거예요.
그런데 기력이 없어서 운동할 수가 없는 거죠.

체력을 기르려면 운동을 해야 하고,
나는 운동할 체력이 없고, 어떡하면 좋죠?

(지금도 누워 있습니다.)

ㅇ 누워서 하는 생각

봄이 오면 얇아지는 옷과 함께
겨우내 옷 속에 감춰져 있던 살들이 꽃처럼 피어납니다.

건강을 목적으로 "다이어트 시작이다!" 하고
운동해 보지만…….
금방 지치고 꾸준히 하기도 힘들어요.

굳은 결심만큼 몸도 따라 준다면 얼마나 좋을까요?
결심은 단단한데 몸이 말랑해서 그래요~

안약 넣는 걸 유독 어려워하는 사람이 있어요.
(바로 나!)

얼마 전에 알게 된, 안약 쉽게 넣는 방법을 알려 드릴게요.
안약을 눈의 정중앙에 똑 떨어뜨리는 대신
안약 통을 기울여서 눈꼬리에 흘려 넣어 보세요.

덜 무섭고, 눈을 부릅뜨지 않아도 되니 무리도 덜 가겠죠?
우리 눈은 소중하니까요.

○
뭐
든

잘
될

것

같
은

날

컬러풀한 옷을 좋아하는 나는
양말과 신발까지 완벽하게 색을 맞춘 날엔
뭐든지 잘될 것 같아요.

머리부터 발끝까지 전부 색을 맞추기란 쉽지 않거든요!

어릴 땐 명절이면 시골 할머니 댁에 갔어요.
한밤 자고 일어나면 차가운 공기가 코끝에 닿아 이불로
다시 쏙 들어가곤 했답니다.
지금은 시골집도 없어지고, 명절마다 모이지도 않지만
가끔 그 차가운 시골의 공기가 그리워요.

○ 시골의 공기

향은 기억을 소환하는 가장 빠르고 우아한 방법이에요.
즐겨 쓰는 향수는 다 써도 병을 버리지 않아요.
병에 남은 향기를 맡으면
그립고 따뜻했던 어떤 순간이 되살아나거든요.
정리하려다가도 다시는 그 기억을 떠올릴 수 없을까 봐,
화장대에 조용히 다시 올려 둔답니다.

너무 많이 샀군.

나는 최저가에 집착하는 경향이 있어요.

사고 싶은 물건이 있으면

검색에 검색을 거쳐 반드시 가장 싼 가격으로 산답니다.

그럼 그렇게 만족스러울 수가 없어요.

짠순이 유전자라도 있는 걸까요?

막상 카드 명세서를 보면 돈을 조금 쓴 것도 아닌데 말이에요.

(최저가로 쓸데없는 걸 많이 사거든요.)

ㅇ
최
저
가
사
치

야식, 제대로 먹겠습니다!

이왕 야식을 먹기로 했다면 진짜 먹고 싶은 것으로 먹어요!

어쭙잖게 '바나나 한 개만 먹어야지!' 하면
금방 배가 고파지고, 결국 다른 것을 더 먹게 되더라고요.
만족감도 없고, 배가 부르지도 않은 애매한 상황이 되어 버려요.

혼자만의 선포지만,
그러니 나는 야식이 당기면 그냥 먹고 싶은 걸 먹겠습니다!

184

누군가와 함께 산다는 건
즐겁기도 하지만 불편한 점도 많은 일 같아요.

예를 들어 혼자 있을 때처럼
방귀도 뿡뿡 못 뀌고 말이죠.
(나처럼 가족이랑도 방귀 못 트는 분들 있죠?)

아직은 편하게(?) 방귀 뀔 수 있는 사이인
모리랑 사는 게 더 좋아요.

나는 스트레스 없이 웃으며 볼 수 있는
코미디 영화를 좋아해요.

예전에는 무겁고 어두운 분위기의 영화도 찾아보곤 했는데
지금은 별생각 없이 보는,
빵빵 터지는 밝은 영화가 좋더라고요.

현실이 마냥 즐겁지만은 않아서일까요?
내 인생도 코미디 영화 같았으면~!

유튜브를 보면서 운동할 때 가장 힘든 순간은,

'와, 이제 더 이상 못하겠다' 싶을 때 들려오는
"한 세트 더!"

나는 안될 것 같아요.
한 번만 봐주세요. 선생님…….

○
한
마
디

여러분은 징크스가 있나요?
나는 하나 있어요.

아마 아르바이트 경험이 있는 분이라면
공감할 텐데요.
짬이 나서 밥을 먹으려고 하면
꼭 손님이 오거나 배달 주문이 들어와요.

그래서 손님이 너무 없다 싶을 땐
일부러 밥을 먹기도 한답니다.
반전이죠?

드라마나 영화를
처음부터 끝까지 몰아 보는 편인가요,
아니면 띄엄띄엄 나눠 보는 편인가요?

나는 궁금한 걸 못 견뎌 하는 성격이라
드라마든 만화든 완결이 난 작품만 봐요.
밤을 새워서라도 끝까지 봐야 직성이 풀리는데
'다음 이 시간에' 자막이 뜨면 얼마나 괴롭다고요!

○
다
음
이
시
간
에

매번 새로운 메뉴를 찾는 탐험가형 미식가가 있다면,
매번 먹는 메뉴만 고르는 의리형 미식가도 있어요.
나는 후자랍니다.

한번 꽂힌 음식은 질릴 때까지 먹는 편이에요.
하루 세 끼, 일주일 내내 먹을 수도 있어요.

이것저것 다양한 일을 한꺼번에 하는
멀티태스킹이 가능한 사람과
한 번에 한 가지 일밖에 못하는 사람의 차이일까요?

아무튼 떡볶이야, 난 의리 지켰으니 칼로리 좀 낮춰 줘!

나는 겨울보다 여름을 좋아해요.

왜냐고요?

여름엔 원피스, 샌들만 신으면 "나갈 준비 끝!"인데

겨울엔 스타킹에 양말, 니트, 카디건, 패딩, 목도리까지……

준비하는 데만 한나절이라니까요.

어휴!

○ 그림을 그리다 철자가 틀린 걸 알았을 때

여러분은 부모님과 자주 사진을 찍나요?

나는 엄마랑 단둘이 찍은 사진이 딱 한 장 있어요.

백화점 행사 때 직원이 찍어 준 폴라로이드 사진이요.

당시에는 쑥스럽고 귀찮아서 시큰둥했지만

지금은 소중한 추억의 선물로 남아 있어요.

가족과 모일 기회가 있을 때마다 꼭 사진을 찍어 두세요.

분명히 보물이 될 거예요.

가끔 본가에 가서 엄마의 반찬을 얻어 와요.
그중 내가 특히 좋아하는 반찬이 있는데,
밥을 먹다가 갑자기 '엄마가 돌아가시고 나면
다시는 못 먹겠지' 싶어서 슬퍼져요.

'레시피를 미리 받아 놓을까?' 해도
그건 그것대로 슬퍼서 말로 꺼내진 못하겠어요.

집도 생물처럼 어떤 기운을 내뿜는 것 같아요.
집을 고를 때 크기나 구조, 반려동물 동반 가능 여부 등
고려할 사항이 많지만
내가 특히 중요하게 여기는 건 채광이에요.

고양이는 따뜻한 햇살에 기분이 좋아지면
골골골 노래하잖아요.
나도 그 따스한 느낌 덕분에
왠지 행복하게 살 수 있을 것 같아요.

이제 웬만한 일에는 '그래, 그럴 수도 있지~' 하고
넘어가지만 이것만큼은 정말 매번 화가 나요.

오랜만에 들어간 사이트에 로그인하려면 늘 뜨는 말,
'비밀번호가 틀렸습니다.'
과거의 나 자신에게 왜 그리 화가 나는지!

여러분도 이것만큼은 못 참겠다 하는 게 있나요?

주말 저녁만 되면 과식하는 분 있나요?
'한 주 동안 일하느라 수고한 나 자신을 위해
이 정도는 먹어 줘야지!' 하는
보상 심리가 발동해 많이 먹곤 해요.

뭐, 열심히 일했으니까
하루 정도 맘껏 먹는 건 괜찮지 않을까요?

여러분은 추억의 노래가 있나요?

나의 경우엔 한경애 님의 〈옛 시인의 노래〉라는 곡이에요.

어린 시절 엄마가 자주 흥얼거린 노래거든요.

엄마의 젊은 날과 나의 어린 시절이 그리워지면

불러 보곤 해요.

야몽 하는

생활

매일 작은 계획을 세우고, 30일 동안 도전해 보세요.
나의 장점을 써 보고, 내가 고양이라면 어떤 모습일지 상상해 봐요!
직접 그리고, 쓰고, 색칠하면서 누리는
야옹 하는 생활!

하루 목표 쓰고 매일 해 보기 !

아침 물 한 잔   한 정거장 걷기   스트레칭 하기

① ....

② ....

③ ....

30일 습관 만들기 시작!

시작!

1일차	2일차	3일차	4일차	5일차
6일차	7일차	8일차	9일차	10일차
11일차	12일차	13일차	14일차	15일차

꾸준히 잘해 !

벌써 15일이나 지났어! 조금만 더 힘내자!

16일차	17일차	18일차	19일차	20일차 라이팅!
21일차	22일차	23일차	24일차	25일차
26일차	27일차	28일차	29일차 두근 두근	30일차!!

30일간 수고했어!!
이제 계획표 없이도
해 나갈 수 있을 거야 ♡

나는 어떤 고양이일까 상상해서
그리고 색칠해 보세요!

고양이 색칠하기 !

나의 BGM은?

봄

우리의 BGM : Fazerdaze - Little Uneasy
            Chuck Mangione - Feel so good

여름

우리의 BGM : Fire house - You are my religion
            In real life - Crazy AF

가을

우리의 BGM : Chet Baker - Everything happens to me
            임재범 - 이 밤이 지나면

겨울

우리의 BGM : Nat King Cole - The Christmas song
            John Martyn - Sweet little mystery

좋아하는 책에서 좋아하는 부분을 적어 봐요

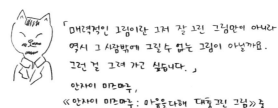

「매력적인 그림이란 그저 잘 그린 그림만이 아니라
역시 그 사람밖에 그릴 수 없는 그림이 아닐까요.
그런 걸 그려 가고 싶습니다.」
안자이 미즈마루,
《안자이 미즈마루: 마음을 다해 대충 그린 그림》중

고양이 그림을 그리기 시작했을 때,
늘 마음에 담아 두었던 문구.
지금도 가장 좋아하는 일러스트레이터입니다.

지금 내 고민은?!

내 장점 10개 써 보기 !

① --

② --

③ --

④ --

⑤ --

⑥ --

⑦ --

⑧ --

⑨ --

⑩ --

저는……
귀엽저요.

오늘 내가 잘한 일은?

오늘 하루
잘 쉬고

잘 놀고
잘 먹었다!

(고양이도.)

오늘 행복했던 순간, 감사했던 일 적어 보기

잘생긴 고양이다!

오늘 내 기분은?

그림과 함께 오늘 기분을 표현해 봐요!

4컷 만화 그려 보기!

나만 웃기 아까웠던 재미있는 일들을
떠올려 보고 4컷으로 표현해 봐요!

우리 가족 고양이로 그려 보기!

미래의 나에게 편지 쓰기

고양이 만화 동화

길게 말하지 않아도 전해지는
찡~한 마음

우리는 친구!

We
are
friends !
by mori

우리는 친구!

우리는 친구!

우리는 친구!

우리는 친구!

우리는 친구!

우리는 친구!

회색 쥐돌이가
남은 '커져요' 물약을 마셨어!

앗! 가시에 찔려 봉투가 찢어졌어!

가시 때문에 일을 못하게 됐네……

이게 뭐지?

머리에 그거…….
버섯이야? 모자는?

응…….
저번 배달 때
산타 모자를
잃어버렸어.

우리가 다시 같이 배달할 수
있게 돼서 너무 좋다!

새 카트를 장만했어!

유령 술집

지난 밤,
그녀는 자신이 어떻게 죽었는지
말해 주었다.

난 집사의
품에 있었어......

안녕 아가야!
너 혼자야?

유경 술김

난 결국 집사를 찾았어!
그 말은 사실이었어.

우리 집 고양이는
자기 이름이 '귀여워'
인 줄 아는 것 같다.

우리 집 고양이 이름은 '귀여워'.

왜냐하면 내가 늘

넌 너무너무 귀여워!!

우리 집 고양이 이름은 '귀여워'

어떻게 이렇게
귀여워?!

우리 집 고양이 이름은 '귀여워.'

누가 이렇게 귀여우라고 했어!

우리 집 고양이 이름은 '귀여워'.

그래서.

모리!  ... 귀여워!

우리 집 고양이 이름은 '귀여워'.

뭐, 아무렴 어때.

모리야
사랑해.

우리 집 고양이 이름은 '귀여워'.

나는 고양이다.
나는 인간보다 작다.

모래야 나 왔어!

인간에게 무력한 이 몸!

이리 와! 안아 줌~

그리고 나는 안는 게 싫다구.

그러나 내가 짐사의 삶에 큰 부분을 차지한다는 걸 알아.

그래서 함을 수 있어.

짐사도 내 삶의 큰 부분 이니까.

I am a CAT.

강은영(농)

내향형이지만 집에만 있는 건 싫어하는 사람.
10년간 웹 디자이너로 일하다가 직종을 바꿔
5년째 레스토랑의 바텐더 겸 매니저로 활동하는 중.
코로나 팬데믹으로 업무 시간이 줄어 남는 시간에
1일 1고양이 그리기를 시작해 지금껏 계속하고 있다.
생애 처음으로 꾸준히 하고 있는 일이
인생의 전환점이 되었다.

어요옹!

모리

인생의 전환점에서 나에게 와 가장 큰 변화를 선물한 존재.
집사에게 애정을 갈구하지 않는 독립적인 고양이다.
낯선 이는 무서워하지 않지만 굴러가는 자신의 털에는 놀란다.
불리할 때에만 바보인 척하는 고양이.
침대 머리맡에서 집사를 빤히 보는 게 취미다.

행복에 시작과 끝이 있을까요?
한때 '아, 나도 행복하게 살고 싶다'라고 바랐어요.
하지만 행복은 원한다고 갑자기 찾아오는 게 아니더라고요.

별일 없이 담담하게 하루를 보낼 때,
출근길에 따뜻한 햇볕을 느낄 때,
무더운 여름에 시원한 카페라테 한 모금을 들이켤 때,
퇴근 후 고양이가 반겨 줄 때⋯⋯.

일상에 숨은 소소한 행복을 스스로 찾아내야 해요.
저는 오늘도 고양이의 "야옹" 하는 인사에 "야옹!"으로 답하고,
작은 행복을 느끼며 하루를 마무리했답니다.
'아, 오늘 하루도 잘 지냈다!'

여러분도 이 책으로 작은 행복을 느끼길 바라요.
읽어 주셔서 고맙습니다.

그럼 안녕!

고양이의 매력으로
말할 것 같으면

초판 1쇄 인쇄 2022년 7월 28일
초판 1쇄 발행 2022년 9월 1일

지은이   강은영
펴낸이   정주안

기획   유인경
편집   이정은
디자인   도미솔
영업·마케팅   김은석, 김정훈, 안보람, 양아람
경영지원   곽차영, 정지원

펴낸곳   ㈜좋은생각사람들
주소   서울시 마포구 월드컵북로22 영준빌딩 2층
이메일   jelee@positive.co.kr
출판등록   2004년 8월 4일 제2004-000184호

ISBN 979-11-87033-17-2 (02810)

• 책값은 뒤표지에 표시되어 있습니다.
• 이 책의 내용을 재사용하려면 반드시 저작권자와 ㈜좋은생각사람들 양측의
  서면 동의를 받아야 합니다.
• 잘못 만들어진 책은 구입하신 곳에서 바꿔 드립니다.

좋은생각은 긍정, 희망, 사랑, 위로, 즐거움을 불어넣는 책을 만듭니다.

positivebook_insta   www. positive.co. kr